AF312568

APOLOGIE, OV

Deffenfe d'vn hom-

ME CHRESTIEN POVR

IMPOSER SILENCE AVS SOTTES

reprehenfions de M. Pierre Ronfard,
foy difant non feulement Poëte,
mais aufsi maiftre des
Poëtaftres.

Par laquelle l'Aucteur refpond à vne Epiftre fecretement mife au deuant du Recueil de fes nouuelles Poëfies.

M. D. LXIIII.

IE suis contraint de t'aduertir, Lecteur, que i'estois deliberé de te donner cet Apologie desguisee en Epistre au deuant d'vn plus grand liure qui de soy porteroit vn tiltre plus honorable & plus dous, suyuant en cela les pas de nostre calomniateur, lequel ayant fait imprimer depuis quelque temps ses trois Liures de nouuelle Poesie, d'vne subtile ruze a confondu le tiltre de ses calomnies auec ce beau tiltre de Premier liure du recueil des nouuelles Poesies, faisant retrancher (comme vn chascun scait) le premier fueillet qui estoit imprimé deuant, ou n'y auoit point d'Epistre. Et par ce moyen il a pensé euiter la reprehension des plus grands qui luy auoyent deffendu de faire plus doresnauant tels libelles diffamatoires. Quant à moy, il ne me plaist pas d'estre si fin, principalement sachant bien que ie ne suis point assaillant, mais seulement defenseur & soustenant, & que pour mettre fin à telles manieres de liures, il faut commencer à chastier celuy qui a commencé la noise. A Dieu.

APOLOGIE OV DEF-FENSE D'VN HOMME CHRE-

ſtien pour impoſer ſilence aus ſottes reprehenſions de M.
Piérre Ronſard, ſoy diſant non ſeulement Poëte, mais auſſi
Maiſtre des Poëtaſtres.

Epuis deus iours en çà, i'ay veu vn Recueil de nouuelles Poëſies d'vn homme fort cognu, qui ſe dit Prince des Poëtes de noſtre temps. Et de prime face ie me reſioüyſſois que vn tel perſonnage auoit ainſi ſubitement changé de nouueaus tiltres & arguments en ſes œuures, c'eſt à dire, moins ſeditieus que ceus du parauant. Car combien que le ſuget ne ſoit que friuole, comme remply d'vn tas de fables poëtiques & amoueuſes, qui allechent le lecteur ſans l'auiander de choſe profitable, toutesfois ie commençois à louer Dieu de ce que par le moyen de quelques vns de mes amis, cet homme auoit eſté reduit à quelque voye de repentance. Ainſi de premiere veuë ie m'eſioüiſſois. Mais voyla, à peine auois ie tourné le premier fuillet, que ie trouue que ce chien enragé n'a point laiſſé ſon vomiſſement. Ie voy vne longue Epiſtre pleine de calomnies & de meſdiſances, & voulu bien prendre la patience de perdre vne petite heure à la lire de bout en

A. ij.

bout auec quelques-vns de mes amys. Premierement il s'efforce de prouuer que tous ſes aduerſaires
ne ſont que petits nouices & apprentis. Puis il veut
monſtrer palinodiquement qu'il eſt ſeruiteur treshū-
ble des Princes, & des Seigneurs, dont il a deſchiré
l'honneur. A la fin il ſe prend à moy, feignant toutef-
fois ne tenir conte de me reſpondre, & cōme vn Aiax
Telamonien, il penſe maſſacrer vn Vlyſſe ou vn Aga-
memnon, ſe prenant à l'innocence d'vne brebis. Et
toutesfois ie ne ſçay en quoy ie l'ay peu auoir offenſé.
Il y a bien trois ou quatre mois qu'on à fait vne Secōde
Reſponſe cōntre luy accōpagnee d'vn Temple, en laquelle le nom de l'Aucteur eſtoit expres. Quāt à moy
ie ne l'ay point auouee, cōme il ſçait, & pēſe qu'on fait
tort à l'aucteur de me l'attribuer. Toutesfois puiſque
ledict aucteur eſt mon amy, & q̃ mon amy eſt vn autre
moy-meſme, ie ſuis content de l'auouer comme mon
ouurage, & n'en iureray point autrement, mais ie di-
ray pluſtoſt auec Martial,

Nil in te ſcripſi Bithynice, credere non vis,
Et iurare iubes, malo ſatisfacere.

Ie ſuis biē faſché qu'ē cet endroit il faut q̃ ie force mō
naturel qui eſt du tout enclin à la louāge & nō au blaſ-
me. Mais quoy? c'eſt force, eſtāt aſſailli il ſe faut deffendre pour le moins, principalemēt de celuy duq̃l on ne
ſe doute point, cōme de luy qui ſe dit mon amy, & q̃ ie
pēſois à la verité eſtre tel. Car les maus nō p̄ueus, & les

coups inopinez & non promis font plus de douleur
beaucoup q̃ ceux qu'on voit venir & dõt on no⁹ aura
menaſſé. Ainſi eſt-il de la langue d'vn amy diſſimulé,
lequel à bõ droit peut eſtre cõparé aus rochers cachez
dans les flots de la mer, qui briſent le nauire ſans q̃ lon
apperçoiue l'apparence du danger. Or c'eſt tout vn,
Dieu me garde vne autre fois de ces rochers allechãts,
& de ces amitiez ennemies. Certainement il cognoi-
ſtra qu'il a grãd tort de s'eſtre pris à moy qui luy auois
fait deſia vne Apotheoſe & vn Hymne en ſa louange
qu'il pourra voir bien toſt. Au reſte, Lecteur, ie te puis
aſſeurer que ce qui m'a fait maintenãt mettre la main
à la plume, n'eſt point tant pour les calomnies dont il
me charge fauſſement, que pour l'horreur que i'ay eu
des ſottes reprehenſions dont il a voulu commenter
vn Sonet qu'il a pris par les cheueus & par la teſte : en
quoy il a mõſtrè vne grande deſtitution de iugemẽt,
vne parfaite ignorance, & vne meſchãte enuie de reprendre impudemment les choſes qu'il n'entend pas.
Et afin que la verité en ſoit cougneue, ie commence-
ray ma deffenſe par le Sonet qu'il a ainſi maſſacré.
Quant aus autres points qu'il traite au commencement de ſon Epiſtre, i'y reſpondray puis apres. Mais
premierement voyons ce Sonet, & les cenſures de ce
bel Ariſtarque François. Voyla comment ſe com-
mence noſtre Sonet.

Bien que iamais ie n'ay beu dedans l'eau
De la fontaine au cheual conſacree,   A.iij.

Ou, imitant le citoyen d'Ascree
Ferme les yeus sur vn double couppeau.

Il dit que ie luy ay desrobé l'inuention de ce Sonet, & ne veut pas que ie l'attribue à Perse. Pésez que Perse la prise de luy, car il est le Prince des Poëtes, & s'il est ainsi, ie veus bien estre larron auecques Perse. Mais ie te proteste, beau vanteur, que ie ne perdis iamais tant de temps à lire tes escrits, que d'auoir si diligemment obserué tes inuétions, qui toutesfois ne sont pas tiennes si tu le veus confesser, & que tu as desrobees si tu le veus nier. Tu n'as rien fait dont tu te puisses attribuer l'inuention prise non seulement d'Homere, Hesiode, Theocrite, Arat, Lycophron, ou de quelque autre dont tu as le texte bien glosé & les mots bien interpretez, & dont tu rappetasses ton ouurage à demi masché: mais (dont ie m'estonne) tu desrobes tes inuentions des aucteurs mesmes ridicules. Et quoy, les quatre saisons de l'an, dont tu as fait quatre hymnes, d'où sont elles puisees? à qui en est l'inuétion, On sçait bien que tu as escorché tout le poure Latin des Macaronnees de Merlin, pour faire l'ouurage plus long. Quant à tes Eclogues, ce n'est que Theocrite de mot à mot, ce n'est que larcin, non seulement de luy (car ie ne voudrois blasmer ceus qui imitent libremét vn si excellent aucteur) mais aussi de tes compagnons desquels ie te monstreray Plagiaire. Quelques vns de tes amis qui sont aussi les miens, le sçauent & ne le

nient pas. L'vn des plus excellents d'entre eux, docte
& fçauant en l'vne & l'autre langue, m'a môſtré quelquesfois de ſes Eclogues dont tu auois deſrobé la plus
grãde partie que tu as mis en tes œuures, & pour tou-
te recompenſe tu fais parler quelque fois l'aucteur en
ſes eclogues, deſguiſant ſon nom en perſonnage pa-
ſtoral, afin que tu peuſſes excuſer ton larcin s'il venoit
à eſtre deſcouuert. Tu ſçais ſi ie dis vray, ie ne te dis
rien que tu ne ſaches toy-meſme, & que tu ne côfeſſes
dans la face de ta conſcience qui en rougiſt de honte.
Paſſons plus outre.

ᴅᴇᴅᴀɴꜱ ʟ'ᴇᴀᴠ.) Tu dis que c'eſt mal parlé de dire
boire dedans l'eau, & que c'eſt mieus dit boire de
l'eau. ô que tu es ſubtil! Comme ſi l'vn & l'autre ne ſe
diſoit pas ordinairement, & non ſeulemét en poëſie.
Perſonne n'ignore, au moins qui ſoit mediocrement
verſé aus lettres, que l'eau ſe prend bien ſouuent pour
le ſein du fleuue ou du lieu qui la contient. Et pource
quelques vns ont appelé l'eau, corps du fleuue, comme teſmoigne Athenee au 2. liure des Dipnoſophi-
ſtes, alleguant ce vers de Chæremon poëte Tragique,

Ὕδωρ τε πο[α]μοῦ σῶμα διεπεράσαμϑν.

Mais il ne faut point s'eſbahir ſi ceſte diſtinction
n'a peu entrer dans ſes oreilles à demi-bouchees. I'entens donc par l'eau de la fontaine, le ſein & le creus de
la fontaine, & n'eſt ia beſoin que i'accumule ici vne
infinité d'autres teſmoignages des bons aucteurs,

dont le moindre confondroit aſſez ſon aſnerie, ſi le
commun vſage ne la monſtroit ſuffiſamment. Tout
homme de bon iugemēt cougnoiſt bien qu'en vſant
de cette maniere de lourdes caſtigations, il n'y a œuure ſi bien limè, qui ne ſe trouue rabotteus. Il euſt dóc
bien trouuè plus eſtrange ſi i'euſſe dit, Ie n'ay iamais
beu de la fontaine, abuſant du lieu contenant pour la
choſe contenue. Toutesfois ie ne l'euſſe pas fait ſans
aucteur: mais ie me contenteray de la raiſon que i'ay
donnee.

DE LA FONTAINE AV CHEVAL CONSACREE.) Il vient
dire maintenant que i'ay failli à la fable, & que la fontaine eſt conſacree aus Muſes & non au cheual. Et
pour faire ſemblant que i'ay commis vne grande faute, il s'eſbahit commēt vn ſi ſçauant homme que moy
& qui s'eſtime (comme il dit) l'honneur des lettres, a
ainſi lourdement failli. Quant à moy, encores que ie
cognoiſſe le peu de graces que Dieu m'a departies, ie
ſuis bien aiſe toutesfois de monſtrer ſon incóſtance,
quand maintenāt il m'appelle ieune apprenty, ignorant, nouice, maintenant ſçauant homme. Tout cela
s'accorde bien mal. Mais voyons commēt i'ay failli.
Ie pourrois bien deffendre icy cette maniere de parler, referant le mot de CONSACREE à l'eau, en ſorte que
la fontaine au cheual ce ſeroit à dire la fontaine du
cheual, comme vn chacun ſçait bien que cette phraſe
eſt aſſez vſitee. Mais ſans cela ie le voudrois prier de

me

me monftrer en quel aucteur il a trouué qu’Hippo-
crene eft pluftoft confacree aux Mufes qu’au cheual.
Il ne fçauroit, & les vers d’Arat qu’il amene ne difent
rien moins. Auffi a-il accouftumè de cracher le Grec
en fon corps deffendant, à tort & à trauers. Qui eft
dauantage, l’aucteur qu’il allegue fait pluftoft pour
moy, Car Arat appelle le Cheual ἱερὸν ἵππον de forte
qu’il n’y a rien d’abfurde, de confacrer la fontaine à
l’inuenteur qui eft mefme facré. D’autre cofté la fontaine a pris fon nom du cheual & non des Mufes, en
forte que non feulement les Poëtes (à qui beaucoup
de chofes font licentieufement concedees) mais auffi
le commun langage peut ainfi parler, attribuant l’inuention à celuy qui en eft vrayement l’inuèteur. Mais
ce n’eft point de merueille fi fon cerueau n’a peu com
prendre cela, la colere l’empefchoit, de forte que le
poure Pegafe fe peut à bó droit plaindre de luy comme eftant deshonorè.

LE CITOYEN D’ASCREE.) Il dit que ie deuois dire villageois & non citoyen, & qu’Afcree n’eft qu’vn petit
village au pied d’Helicon. Ie fuis fort aife d’auoir
maintenant occafion de monftrer la grande beftife
de ce fçauant preftre, afin qu’il ait vne autre fois plus
de crainte de reprendre de plus grands perfonnages
que moy, voyant qu’vn petit nouice, vn apprenty
(comme il dit) vn barbouilleur de papier luy monftre
euidemment fa leçon. Ie luy demande premieremét

que c'eſt à dire bourgeois,& ſi à la rigueur de l'etymo-
logie, ce mot ne deuroit pas ſignifier vn villageois &
non vn citoyen, comme il ſignifie ordinairement.
Voila le commun vſage qui le refute (comme on dit)
à contrario. Or ſi i'ameine teſmoignages & exemples
des bós aucteurs qui ont eſcrit qu'Aſcree eſtoit ville,
ne ſera-il pas à bon droit condamné de beſtiſe & d'i-
gnorance?voyons donc ſa condamnation. Voila Ste-
phanus qui dit nommément, Ἄσκρα, πόλις Βοιωτίας, ὅθεν
ἀσκραῖος ἡσίοδος. Et puis Theocrite en l'epitaphe de Bion,
racontãt les villes & citez qui le pleuroyent, dit ainſi,

Πᾶσα Βίων θρήνασε κλυτὴ πόλις, ἄστεα πάντα,
Ἄσκρη μ' γράει σὲ πολὺ πλέον ἡσιόδοιο.

En ſorte qu'Aſcree n'eſt pas ſeulement ville, mais
auſſi noble cité. Et quand encore ie n'euſſe ces bons
teſmoignages de ces aucteurs, ſi eſt-ce toutesfois que
ſon enuieuſe cenſure ſera touſiours refutee de tout
hóme qui aura mis le nez dans les bós aucteurs. Voi-
cy meſme le Prince des Poëtes Latins qui appelle les
ruſtiques, citoyés:car ainſi parle Tityre dãs l'Eclogue,
-en quò diſcordia ciues   *Perduxit miſeros?*
Et ne faut point qu'il ameine les vers d'Heſiode
pour prouuer qu'Aſcree eſtoit vn meſchant village.
Auſſi n'eſtoit-il beſoin d'oſtenter icy ſon peu de Grec
dont il s'eſcrime comme vn clerc d'armes ſans raiſon
& ſans propos. Car en citant ces beaux vers, il fait vn
argument le plus ridicule du monde, en ceſte ſorte,

Afcree eft mauuaife en hyuer, fafcheufe en efté, mef-
chante en tout temps. Ergo, c'eft vn village. Ie luy cô-
feille de s'aller enfermer en quelque college, & ronger
encores vn peu la natte quelque temps, pour apprendre
vn peu de Dialectique. Car il n'y a fi belle ville qui
ne foit deshonoree par vn tel argument. Voyla comment (gentil correcteur de nouices, ou pluftoft cor-
rupteur)ta reprehenfion ne vaut rien qui taxe les chofes bien dites, & tu as monftré vrayement que ton ef-
fprit eftoit rude & villageois. Ou bien à caufe que tu
defprifes tous les poëtes du monde tant anciens que
modernes, au pris de toy, tu as voulu icy iniurier oc-
cultement les œuures du bon Hefiode, voulât ratifier
l'iniurieufe opinion de fon commétateur qui l'appelle quelquefois bouuier & villageois, & indigne d'e-
ftre comparé à Homere. Dautrepart tu as mal entédu
le mot de κώμη dans Hefiode, qui eft à dire rue & non
village. Mais i'ay honte de te declarer fi grande befte.

FERME LES YEVS.) Quand i'ay dit, fermé les yeus
i'ay fuiuy pour ma guide le vers de Perfe, qui dit

Nec in bicipiti fomniaffe Parnaffo,

Suiuant les fonges du bon Ennius. Et pource il faut
que ce grand docteur qui veut icy pedantifer, me mô-
ftre qu'Hefiode n'ait iamais dormi fur la montaigne,
ce qu'il ne fçauroit faire. Et fi ie n'ay point d'aucteur
certain (dont il me fouuiene) qui die qu'Hefiode y ait
dormi, fi eft-ce pourtant qu'il eft aifé de croire que là

où quelcun demeure il eſt neceſſaire qu'il y dorme.
Ce que i'euſſe eſtimé ridicule d'alleguer, n'eſtoit que
ſa reprehenſion eſt encores moins receuable. Voyons
maintenant les abboys qu'il fait à l'autre coupplet.

Bien qu'eſloigné de ton ſentier nouueau,
Suiuant la Loy que tu as maſſacree,
Ie n'ay ſuiuy, la Pleiade enyuree,
Du dous poiſon de ton braue cerueau.

DE TON SENTIER NOVVEAV.) I'ay appellé ſon ſentier nouueau, à cauſe des monſtres de mots dont il à
voulu eſtonner le peuple ignorant, qui eſtime ordinai
rement ce qu'il n'entend pas. Ie croy bien qu'il dira
qu'il en à pris l'origine du Grec, mais ce ne ſont (ſelon
le precepte d'Horace) *verba Græco fonte parcè detorta.*
Car il en a fait de ſi eſtranges & ridicules (penſant imi
ter les Dithyrambiques qui ſont pleins de meſlange &
de hardieſſe) que tous ceus qui les voyét, s'emeruicillét
non de ſa hardieſſe, mais de ſon impudence. Il y en a
d'autres qu'il à tiré du Toſcan, leſquels il affecte autāt
que les vices qui y regnent auiourdhuy en grande a-
bondance, Et pource il en retient volontiers les mots.
Mais c'eſt peu de choſe que tout cela. Au reſte ie ſuis
bien aiſe de ce qu'il approuué ce que i'ay dit touchant
ſon ſentir nouueau, par le teſmoignage de ce poëte E-
picurien dont il préd les vers. Car il ne pouuoit mieus
monſtrer l'eſtat de ſa religion, qu'en vſurpant les ſen-
téces de cet Atheiſte qu'il à apris tout par cœur en de-

pit de Iefus Chrift & de fa parolle. Que fi au contraire
il fe fuft fafché d’eftre appellé nouueau, ie me fuffe def-
dit volontiers, & en lieu de nouueau ie l’euffe appellé
vieus en vfant du mot Grec ἀρχαϊκόν, ainfi que Horace
à appellé *lectos archaicos*, des lits rudes & mal-polis.

LA LOY QVE TV AS MASSACREE.) Les affaires de
la Religion & la vraye pieté, ne dependent point des
mots, non plus que les affaires de la Republique, comme difoit Demofthene contre AEfchine qui luy repro
choit les môftrueufes parolles dont il auoit vfé Quât
au mot de maffacrer dont i’ay vfé, il n’eft point fi mal
propre n’y fi eftrange. On dit ordinairement & difer-
tement bleffer ou maffacrer l’honneur d’vn homme,
& bien fouuent tels mots s’appliquent aus chofes qui
n’ont point d’ame. Quand à ce que tu aymes mieus
(gétil remarqueur de fautes) dire, forcer, violer, ou cor-
rompre, que maffacrer, ie ne m’en eftonne point, veu
que les violements te plaifent, les forcements te font
familiers, & les corruptions ordinaires. Et pourtant il
me plaift de te defplaire en cela. Quant a eftre maffa-
creur ie ne t’en mefcroy pas bien fort, car tu nes pas
fort hardi affaillant, fi ce n’eft en la perfonne de tes va-
lets, quant tu as trop beu. Voy le Temple qui eft apres
la Refponfe de F. de la Baronie.

LA PLEIADE ENYVREE.) Quand i’ay parlé de Pleiade, tout homme de iugemét fcait bien que i’ay voulu entendre vne quâtité d’efprits follaftres qui ont ad-

miré fans difcretion le nouueau fentier de ce lourdaut
vanteur, fans que i'aye penfé ny voulu bleffer les doctes qui ont adioufté l'excelléce de bien faire des vers,
aus belles fciéces dont ils font ennoblis. Car affin que
tu entendes (beau faifeur d'aprétis) les doctes qui font
mes amis, n'ont point fuiuy ta loy. Pluftoft tu as apris
d'eux, & aprens encores tous les iours. Tant s'en faut
que ie les vueille defprifer, qu'au côtraire ie les prefere-
rois volontiers à toy, fi ie penfois que cefte preference
leur fuft reputee à louange : mais ce n'eft pas louer vn
homme que de le preferer à toy. Et dauantage leurs
œuures tefmoignent affez quels ils font, de forte que
s'ils eftoyent gens fort addonnez à l'ambition & cupi-
des de louange, tu perdrois ton credit, & tu ne ferois
que naqueter apres eus. Il y en a en cefte compagnie
de doctes & gentils efprits à merueilles, s'il en fut onc:
& i'ay efperáce que leurs œuures ietteront bien toft la
pouffiere aus yeus de ta Franciade pour la reculer encores plus loin que du bord de Troye dont iamais ne
partit. Or quant à ce que tu me reprens de ce que, nó-
mant la Pleiade, i'ay appellé les eftoilles enyurees, tu
te demens toy-mefmes, confeffant que i'en vfe pour
vne trouppe d'hommes qui ont efté trop enyurez
du vin verfé entre les cornes du bouc facrifié. Mais tu
ne voulois pas laiffer paffer ce petit brocard de dire
que ie les accufe de mon propre peché. Ie ne fçay en
quel lieu tu m'as cougnu tel : car ceus qui nous cou-

gnoiſſent tous deus, t’ont deſmenti depuis peu de
temps. Il me ſouuient bien qu’autresfois tu eſtois en
vne cõpagnie auec nous aus champs, là où en ta pre-
ſence ie beus de l’eau d’vne fontaine iuſques à ſentir
du mal, mais ie n’ay point de ſouuenãce que cete eau
eut la force de la Lynceſtienne. Mais tu es de peu d’eſprit de reprocher ce que ie t’ay reproché le premier,
quelque iour apres que tu auois aſſoupi le vin de ton
yurongnerie, & ce que les autres t’ont reproché en
leurs eſcrits. Quant à ce que tu dis que tu n’as iamais
veu les eſtoilles yures, ie le croy, & dauantage : car ie
penſe à la veritè que tu n’en vis iamais vne ſobre, non
pas meſme le Soleil, non pas la Lune. C’eſt à dire que
quand les eſtoilles apparoiſſent la nuiċt, ou que le Soleil ſe leue, tu es touſiours yure. Et tu peus bien te
vanter comme ce philoſophe ancien, que tu ne vis iamais le Soleil couchant ni leuant. Mais les cauſes ſont
diuerſes, car luy eſtudioit, & toy tu bois. Ainſi tãt s’en
faut que tu ayes iamais veu eſtoille enyuree, que meſmes tu n’en vis iamais eſtant ſobre. Quant à moy, ie
dis bien au contraire : car pour monſtrer ton aſnerie
& pour deffendre ce que i’ay dit, ie te prouueray que
le Soleil qui vaut bien vne eſtoille, boit aucunesfois
trop, & par conſequent s’enyure. N’as-tu iamais leu
dans l’Amphitruo de Plaute ces vers que dit Soſias,
Credo equidem dormire ſolem atque appotum probe:
Mira ſunt niſi inuitauit ſeſe in cœna pluſculum.

Ie laiſſe à dire que tu ignores que ce que les Latins appellent *madidum*, ou, *vuidum*, les Grecs βεβρεγμένον, eſt ce que nous appellós enyuré. Ainſi Homere, ainſi Euripide, ainſi Sophocle, ainſi Horace, & d'autres dont il feroit trop long de reciter les teſmoignages. Et s'il eſt ainſi que le Soleil ſe leuãt du ſein de la mer eſt humide, pourquoy le mot d'enyurer ne ſe pourra-il accommoder en ſon endroit, principalement en parlãt poëtiquement? Et ſi au Soleil, pourquoy non aus eſtoilles? Ne vois-tu pas, poure homme, que tu es pris? Ie rougis de honte en reliſant ce que tu as eſcrit. Et m'eſmerueille qu'vn homme ſi enflé de vanterie ſoit ſi maigre de ſçauoir.

DV DOVS POISON.) Tu dis donc que poiſon eſt plus vſité au feminin qu'au maſculin. O que tu es fin, Meſſire Pierre! tu dis cela contre ta conſcience pour euiter le ſoubçon d'vn plus grand vice, ayant trop ſouuent accouſtumé d'abuſer du genre maſculin en lieu du feminin. Ie te représ donc d'vn Laconiſme en lieu de l'Atticiſme, c'eſt à dire d'vne elegance que tu m'as reprochee. Tu verras cecy plus amplement deſcrit en ton Apotheoſe & en l'hymne que nous te traçons en ton honneur.

BRAVE CERVEAV.) Braue, dis-tu, ce refere pluſtoſt aus habillemens qu'à l'eſprit. Ie le croy. Mais puis que tu te vantes d'eſtre noſtre maiſtre, noſtre doɛteur, noſtre regent, noſtre pedant, feray-ie mal ſi i'vſe de ton teſ-

tefmoignage?Et pource,repren toy toy-mefme qui as
ainfi parlé contre les grans Seigneurs en ta Refponfe.
Et s'ils font grands Seigneurs,i'ay le cœur haut & braue.

Et puis n'a-gueres en vne Elegie tu as dit,
Et bien tu me feras ou gracieufe ou braue.

Ceus qui ont leu tes autres efcrits vn peu plus diligemment que moy, difent que tu en as vfé en cefte
maniere plus de cinquante fois. Mais ie te veus con-
fondre par vn grand perfonnage, puis que tu nous e-
ftimes tous ieunes apprentis. Car ie croy que tu ne re-
fuferas point l'exemple de celuy que tu demandes fi
fouuent pour antagonifte.Il dit donc ainfi deuant les
Pfalmes.
Qui te fait donc(dira quelcun)fi braue
Que d'entreprendre vn ouurage fi graue?

Et fi tu ne te contentes pas encores de luy, ie t'a-
meneray vn plus grand homme que toy en poëfie,
que tu as mefmes appelé diuin. C'eft ce grand du Bel-
lay (ie dis grand en efprit, afin que par vne nouuelle
cauillation tu ne le reprenes aulfi bien que le mot de
braue)qui a dit ainfi à la fin d'vn vers,
　　Et le braue Efcoffois,　　referant le mot à l'efprit.
Vois-tu comment tu es rendu confus de tous coftez.
Acheuons le refte de noftre Sonet.
I'ay toutesfois vne autre recompenfe,
Car l'Eternel qui benift l'impuiffance,
Mefme aus enfans qui font dans le berceau.

Veut par mes vers, peut eſtre, rendre egale
Ta grand' miſere à celle de Bupale
Qui d'vn licol a baſti ſon tombeau.

CAR L'ETERNEL.) Ie ne doute point que tu ne trou-
ues eſtrange que ie parle de l'Eternel, car ce mot te deplaiſt & à tes compaignõs qui comme toy ne croyent
point de Reſurrection, & qui n'eſtiment rien eternel
que ſes œuures.

TA GRAND' MISERE.) I'ay accommodé le mot de
miſere à Bupale qui fut ſi miſerable que de ſe pendre,
liſant les vers d'Hipponax, comme ie croy que perſonne ne voudroit eſtimer vn homme heureus pour
vn tel acte. Quand à ce que tu veux y remettre colere
& oſter miſere, tu monſtres bien que tu és vne beſte.
Ce ne fut pas Bupale qui fut colere, ce fut Hipponax,
q̃ de ſa colere engẽdra la miſere de ſon ennemy. Mais
ie me doute de la cauſe de ta reprehẽſion. C'eſt que tu
ne veus pas, que s'il aduient qu'vn iour tu ſois pendu,
le monde t'eſtime miſerable. Car tu veus eſtre mar-
tyr du Pape. Auſſi ne ſeras-tu pendu que par colere.
Les Reiſtres que tu as appellez mutins te le feroyent
volontiers cougnoiſtre. Car ils ſont vindicatifs en-
uers telles gens que toy, & ſe vantent, s'ils te tiennent,
de t'enleuer en l'er auſſi haut qu'vn ſapin.

QVI D'VN LICOL.) Ie n'ouy iamais parler de filler où
d'ourdir, ou tramer vn tombeau. Mais bien, comme
i'ay dit, baſtir ou enleuer ou eriger, comme meſmes

quelque Epigrammatiſte à dit ᾠκοδόμησε τάφον. Si i'euſſe voulu parler de faire vn licol, ieuſſe bien vſé de l'vn
de ces autres mots, mais ie parlois du tôbeau & quand
au licol de Bupale tu dois penſer qu'il eſtoit deſia our-
dy & fillé. Car comment s'ccorderoit la colere d'vn
homme auec la patience de filler. Cela eſt hors de raiſon. La colere eſt vne fureur briefue, & qui n'attend
point qu'vn licol ſoit tramé pour ſe pendre. Mais tu as
ſongé au licol que l'on t'appreſte, & que l'on te fille s'il
n'eſt deſia fillé: car a la verité on ne te fera pas cet honneur de te baſtir vn tombeau, ſi la France noſtre commune mere a quelque iour le loiſir de recougnoiſtre
l'ingratitude & la deſobeiſſáce de tels enfans que toy.

Quand a ce que tu m'admoneſtes de regarder vne
autresfois de plus pres a mes parolles, & que l'on peut
dire à bon droit de mon œuure mal-digeré, ce qui eſt
compris au vers que tu recites, le comparant a celuy
que Callimache reprend en ſes vers, ie te remercie de
ton admonition & principalement de ce que ſans y
penſer tu mas comparé à Apolloine a qui on dit que
Callimache eſtoit ennemy. Mais ie te reſponds pour
la grádeur de l'œuure, que la grádeur de tes vices m'a-
uoit impoſé cette neceſſité. Car de mon naturel i'ay
touſiours haï les lógs ouurages & les long liures ſelon
le conſeil de Callimache le poëte & du Grammati-
cien qui appelle vn grand liure vn grand mal. Auſſi

C.ij.

ne ſuis-ie point de ces enuieus comme toy, qui diſent.

οὐκ ἄγαμαι τὸν ἀοιδὸν ὃς οὐδ' ὅσα πόντος ἀείδει.

Ie ne ſuis pas ſi grand deuin ou prophete. Quand a ce que tu dis que tu me reprēdras de mille fautes en la Reſponſe, & que ie n'entens pas les rimes. I'euſſe bien voulu que tu me l'euſſe monſtre ſans le dire, mais tu es trop fin calomniateur. Pour le moins (comme ie ſçay que quelques gentilshommes t'ont dit quant tu diſois qu'il n'y auoit point de rime) il y a de la raiſon. Quand aus rimes ie n'en fis iamais de telles que tu as fait dernierement encores, quand tu as rimé ſus choſe, eſpouſe: & ſus ventre, cancre : mais quād à ce dernier, il te ſouuenoit de la ou il te demāgeoit, & puis les fautes en ton endroit ne ſont qu'elegances.

Or voyla ce que i'auois à dire pour la deffence de mon Sonet contre tes reprehenſions, & ſuis trompé, ſi tout homme de bon iugement ne te iuge l'vn des plus outrecuidez ignorans qui ſortit onc de ton pays du Mans. Au reſte tu dois penſer que tant s'en faut que i'aye eſté offenſé de la lecture de ton Epiſtre, qu'au cōtraire ie me ſens bien fort honorè a iamais, d'auoir eu vn tel Cōmentateur ou Scholiaſte de mes œuures, que toy. Ie n'auois iamais tant eſperé d'honneur que de voir celuy qui s'eſtime le Prince des Poëtes ſe venir aſſugetir à expliquer les barbouillements d'vn nouice & aprenty. Tu as bien monſtré en cela que ie ſuis quelque grand perſonnage plus que tu ne dis. Auſſi cou-

gnoiſtras-tu quelque iour, s’il plaiſt à Dieu, que les nouices en ſçauent bien autant que les maiſtres. Toutesfois que ie ne prendray iamais à iniure d’eſtre appellé nouice ou aprenty. Ie confeſſe voirement que
ie ſuis tel, & ſi tu nas point d’autre riual ou antagoni-
ſte que moy, tu peus bien vſurper la principauté de la
Poëſie. Il y a bien d’autres plus beaus & profitables
exercices es bonnes diſciplines, ou i’aymerois mieus
póſſeder quelque lieu. Et pourtant ne penſe point que
moy ou mes compaignons affectent le nom de Poëte, ou qu’ils ſe faſchent d’eſtre appelez poëtaſtres. Que
ſi l’on à veu que nous-nous ſommes amuſez a deſchi-
frer vn peu ta vie en vers, ce n’a eſté que pour te monſtrer que tu n’es pas ſeul verſificateur. Et Dieu mercy
nous ·nous y ſommes tellement portez quelques nouices que nous ſoyons, que iamais Scipion aagé a peine de vint & trois ans ne s’oppoſa iamais plus vertueu-
ſement à Annibal, que tu nous as ſenty rigoureus à la
lice. Quelque mine que tu faces tu ſcais bien à quoy
t’en tenir, tellement que tu as eſté contraint de dire
depuis peu de temps que tu te ramenteuois de tes œuures ſeditieuſes, le diable y ait part. Mais c’eſt le fait
d’vn hardy homme de ne cófeſſer iamais d’eſtre vain-
cu. Ie ne parle point de moy qui ſuis le moindre des
nouices, auſſi ne ſeroit-il pas ſeant, combien que par
vne fort honorable lettre tu m’ayes fait quelquesfois
cet honneur de te recommander à ma diuine Muſe,

C.iij.

(car ainſi tu eſcriuois) comme teſmoigneront beaucoup de gens de bien qui l'ont veuë : ce que ie di, afin
que l'on entende que ce n'eſt que par colere & enuie
que tu m'appelles apprenti & nouice. Seulement i'appelle ta conſcience à teſmoing, & tes paroles meſmes
que tu ne ſentis iamais de plus griefs aduerſaires que
nous . Et pource ſi tu es ſage tu les dois redouter. Le
beau ſtyle de l'aucteur du Côtrediſcours n'eſt pas re-
bouché, le diuin chant de Zamariel n'eſt pas enroué,
& le graue vers de Montdieu n'eſt pas ſi extenué, que
ſi tu t'y adreſſes de rechef tu pourras eſtre encore plus
colere (ie dis plus miſerable) que le malheureus Bupale. Encores y en a-il d'autres auſſi gentils eſprits qui
ſont frais, & n'ayãts point encor entré en lice, au bruit
du nom deſquels il faudra neceſſairemẽt que tu trem-
bles. Ie les voy deſia s'appreſter puiſants de l'eau d'vne
ſaincte fontaine, & l'eau ſans plus, non le vin (comme
aus anciens Poëtes profanes) leur ſeruira d'vn grand
cheual pour courir mieus contre toy. Quant à moy,
ie dedaigneray doreſnauant de trauailler ma plume,
comme ayant encore pitié de moy-meſme, de perdre
le peu de temps que ie pers à t'eſcrire. Et regrette de
bon cœur le temps que i'y ay perdu, & à la verité ie
l'euſſe vn peu mieus employé à eſtudier dans vn Ariſtote ou dans vn Platon, ſans m'amuſer ainſi à eſplu-
cher ta vie & tes vices, cóme ſi ie voulois eſpuiſer tou-
te l'eau de la mer : car l'vn eſt auſſi impoſſible que l'au-

tre. Mais i'ay voulu fuiure le confeil de Salomon en
refpondant au fol de peur qu'il ne fe glorifie en fa fo-
lie. Il eft vray que l'apprentiffage d'vn nouice comme
moy n'eft pas grand' chofe, mais auffi qu'euffes-tu
fait (miferable) fi vn plus grand maiftre t'euft refifté,
quand vn petit compagnon t'a fait perdre patience?
Tant s'en faut donc que ie me fafche d'eftre nouice,
qu'au contraire pour me vâter bien fort, ie veus qu'vn
chafcun entende que ie fuis tel, en forte que tu as
maintenât ce qui eft fort fouhaitable à vn accufateur,
affauoir l'accufé qui confeffe le crime qui luy eft ob-
iecté. Auffi ie t'affeure que ie ne defireray iamais à e-
ftre fi grand maiftre que toy, ainfi que tu as efté monftré grand maiftre par l'imitation des plus excellents
Poëtes qui ont efté alleguez au commencement de la
Seconde Refponfe. Que fi quelque fois ie me fers de
la poëfie, ie le fais, comme tu dis, prenant les Mufes
pour efbat, autrement non. I'ay, Dieu merci, d'autres
meilleures, plus nobles & plus induftrieufes vacatiós
que de la feule poëfie, de laquelle ie n'vfe que pour
defferuir les autres viandes principales, m'en feruant
rarement cóme de dragees à la feconde table de quelque noce, & (comme difent les Grecs) ὲπιτραγημαΤίζων.

Ie veus maintenant parler touchât l'Atheifme que
tu m'obiectes, dont tu dis que i'ay fait certaines preu-
ues, fans les nommer toutesfois. Mais ie ne te refpon-
dray autre chofe finon ce que quelques vns de tes a-

mis t'ont remonſtré, aſſauoir que tu as tant accouſtumé de mentir que meſmes quand tu dirois la verité tu
ne ſeras iamais creu non plus que ta Caſſandre, ſelon
le loyer que donne Ariſtote. Au reſte tu es auſſi mau-
uais Orateur que Dialecticien, d'accuſer ton aduer-
ſaire de ſon accuſation. Tu deuois, ce me ſemble, refuter deuãt toutes mes obiections, & puis apres commencer à mentir tout ton ſaoul. Et pource tu as fait
grand tort à ton renom d'auoir eſcrit ton epiſtre en
proſe, & d'auoir changé ta poëſie au ſtile d'vn frere
Antoine Catelan, pour te faire declarer ſans iugemẽt
en matiere d'oraiſon. Or voici le bel argument que tu
ameines de mon Atheiſme qui de ſoy eſt ſi leger que
i'ay honte de le refuter. Car tu m'impoſes qu'ayant
demeurè quelque temps à Geneue & à Lozane, ie me
ſuis tant oublié que de blaſmer la doctrine de Dieu,
& pour preuue de cela tu n'ameines qu'vn Sonet, lequel bien entendu confondra aſſez toutes tes autres
menſonges. Ie ſuis contraint d'en dire la verité mal-
gré moy pour le regard de quelcun, & volõtiers pour
l'amour de moy & de toy. Le Sonet que tu as amené,
tu n'es pas ignorant que ie n'en ſuis pas l'aucteur, &
quand ie le ſerois, ie n'en ſerois moins à eſtimer. Mais
ie ne fus iamais diſciple de Plagiaire, pour m'auouër
l'ouurage d'autruy. Or pour monſtrer ta meſchãceté,
il eſt de beſoin qu'on ſache que tu as deſguiſé ce Sonet par le bout, & qu'au lieu qu'à la fin du trezieſme

&

& quatorziefme vers il y auoit (afin que ie le die) *hu-maine* & *Charles de Lorraine*, tu as changé malicieufe-ment *mauuaife*, & *Theodore de Beze*. Et ie te prouueray bien que quand il te fut monftré au naturel, & que quelcun me l'attribuoit fans caufe, tu dis incontinent que cela fe deuoit changer comme tu l'as changé. Auffi voit-on bien la ruze & la deception par le der-nier vers qui eft trop long d'vne fyllabe, dont ie me fuis eftonné de ton afnerie, d'auoir fait vn vers trop lóg d'vn pied. Mais tu voulois qu'il couruft plus vifte pour me mettre en mauuaife grace fans que ie l'ap-perceuffe. Dauátage, à qui penfes-tu perfuader qu'vn homme de noftre religion ait efcrit qu'vn Miniftre prefche les cinq canons, cela eft auffi ridicule que ce qu'vn autre auoit dit de gaigner Paradis. Mais, ou tu voulois du mal (car tu es ennemi parfait de tes amis) à celuy que tu as ofté du Sonet, nous contraignant de le faire venir en ieu, ou tu auois enuie de l'irriter en-cores dauátage contre nous à fon retour du Concile. Voila ta fineffe que plus de mille perfonnes qui ont veu le Sonet il y a vn an, cognoiftront bien fans la li-re icy. Quant à l'aucteur du Sonet, ie croy, quicóques il foit, qu'il eft de fi bon efprit & fi homme de bien, qu'il fe fçaura bien refentir de ce defguifemét. Et afin que tu voyes comme il eft aifé de renuerfer ainfi les chofes, ie me fuis aduifé de le renuerfer à ton vfage,

D.j.

ou pluſtoſt de t'accommoder d'vn ſemblable, lequel
ſera trouué, peut eſtre, d'auſsi bonne grace à cauſe de
ta perſonne : pour le moins ie m'aſſeure qu'il eſt ſans
faute de meſure, & qu'il n'a point trop de pieds, comme celuy que tu as deſguiſé. Eſcoute dóc mon Sonet.

Parler ſouuent de Dieu, ſans croire à l'Euangile:
   L'appeler Tout-puiſſant, & nier ſon pouuoir:
   Lire les Teſtaments ſans faire leur vouloir:
   Autoriſer ſur Chriſt le Pape & le Concile:
Prier le ſainct Eſprit, & le rendre inutile:
   Blaſmer les Aſſaſsins, & chacun deceuoir:
   Deſirer vne paix, & taſcher d'eſmouuoir
   A mille cruautez la commune ciuile:
Se dire obeiſſant des Seigneurs & des Roys,
   Et rompre cependant de nature les loix,
   Et deſpiter de Dieu la foudre & le tonnerre,
Au reſte contrefaire vn peu l'homme de bien,
   Et de ſon Atheiſme accuſer le Chreſtien,
   C'eſt la religion que tient Meſſire Pierre.

Voila maintenant le Sonet de ton Chreſtien refor-
mé, que i'auouëray touſiours tant que tu ſeras vn dif-
forme Atheiſte. Diras tu maintenant que ie ſuis A-
theiſte pour ce Sonet? e croy qu'ouy, s'il eſt ainſi (cóme tu dis) que ie ne iure en ma conſcience que par la

foy que ie te dois, de forte que tu confefferas volontiers ton Atheifme, pourueu que ie fois prouué tel.
Mais tu te rompras cent fois le cerueau pour inuenter
quelque preuue contre moy qui ait apparence de verité. Au refte, il me fuffit (comme tu dis auffi) que les
gens de bien me cognoiffent affez, affauoir vn vray
Chreftien tel que ie fuis. Car quant aus raifons gene-
rales que tu ameines, tu ne fçais ce que tu veus dire, &
fi (poure befte) tu ne confideres pas que tu te coupes
la gorge en me penfant piquer. Tu dis que tu m'as ai-
mé, feftié & chery, & que cependant tu cougnoiffois
mon Atheifme. Tu faifois donc honneur à l'Atheifme, tu careffois ma mefchanceté. Certainemét ie n'i-
gnore point, & dauantage ie confeffe que du temps
que ie t'ay hanté, i'ay veu de grandes mefchancetez,
& ne me puis exempter d'eftre mefchant de les auoir
endurees fans les reprendre plus fort que ie n'ay fait.
Mais auffi ie ne fache point auoir commis en ma vie
vne plus grande mefchãceté que de t'auoir quelques
fois hanté, dont ie demãde encore tous les iours par-
don à Dieu, & luy rend graces de m'en auoir deliuré.
Car pour auoir ouy tes blafphemes contre la mort de
Iefus Chrift, & tes derifions plus que Iudaiques, ie ne
craindray iamais de métir en t'appelant vray Athee,
comme ie fuis affeuré que ta confcience le confeffe,
tes efcrits le monftrent, & ta vie le defcouure. Toutef-

fois pour te monſtrer zelateur de l'egliſe Catholique
tout ſe nie, tout ſe cache, & tout ſe couure, qui ne de-
meureroit impuni ſi l'Egliſe de Dieu eſtoit biẽ reünie.
Voyla la vertu de la ſacree Meſſe (ie l'appelle ſacree
comme ondit *morbus ſacer*) qui ſert, cõme diſoit quel-
qu'vn, d'emplaſtre a to⁹ maus. Car il n'y a peché qu'el-
le ne cache. Et voyla auſſi la cauſe qui t'a fait ainſi iet-
ter les foudres de tes vers (ie ſçay biẽ qu'il te plaiſt que
ie parle ainſi) ſur la pacification de ce Royaume, c'eſt
ce qui t'a fait meſdire ainſi de nos Princes & de nos
Seigneurs, d'autant que tu n'eſtimes pas qu'il y ait vn
Dieu vangeur des meſchãcetez des hommes, c'eſt, di-
ie, ce qui t'a fait les blaſmer, les iniurier, les pinſer, les
cuider mettre en la haine d'vn chacun. Tu le ſcais biẽ,
& peut eſtre que tu n'es pas a t'en repẽtir, & que la ſou-
uenance t'en deplaiſt. Si l'entendras-tu encore, tu cou-
gnoiſtras ta faute, tu te mordras les ongles, tu battras
ta poitrine, tu ietteras au feu tes rimes: & ne pẽſe point
pallier ta faute deſmentant la verité, feignãt eſtre leur
obeiſſant, leur offrant ton ſeruice, les louãt. Car il m'eſt
aduis que quand ie t'oy ainſi parler, que i'oy la men-
teuſe lyre d'Horace ou de Catulle qui dit, *Tu pudica tu*
proba. Mais puis que ie ſuis tombé en cet endroit, &
que menteuſement tu t'esforces de prouuer que tu es
leur obeiſſant ſeruiteur, ie ſuis content de te deſmen-
tir par ta parolle meſme, affin qu'ils entendent que tu

es vn feruiteur diffimulé. Quel feruice as-tu fait a ce
noble & vaillant Seigneur quand tu as dit de luy,

Et ces Reiftres mutins qu'vn François accompaigne.

Quelle obeiffance as-tu portee a fon frere quand
tu l'as appellé Tygre & barbare? Ie voy bien que ie te
prens de trop pres, ie te lairray encore guerir ta playe
par vn remors de côfcience, & par vn million de Me-
geres qui de leur aiguillons te rongent inceffamment
le cœur, & de leur fouets te tourmentent l'efprit, d'a-
uoir ofé commettre vn tel crime de perduellion blef-
fant la maiefté du Roy en fes loyaus feruiteurs. Mais
ie te prie de ne t'excufer plus fur ton papier & fur ton
ancre : le papier & lancre font tiens voirement quant
tu les as acheptez & payez, mais ce n'eft pas pour bar-
bouiller ainfi l'honneur des Seigneurs tes maiftres. Au
tant vaudroit que tu diffes, I'ay achepté vne efpee, il
faut donc que i'en face ce que ie vouldray, il faut que
i'en tue tout le monde. Voyla les arguments de ta Dialectique.

Or ie te prie pour conclufion, de ceffer à la fin, ne
te mefle plus des chofes qui paffent ton efprit. Ie t'en
admonefte en amy, te priant au refte de m'excufer fi
i'ay efté vn peu rigoureus a me deffendre : ton pl⁹ cruel
affaut m'y a contraint, en forte qu'ayant mal parlé tu
merites bien de mal ouyr : veu encores que tu ne m'as
pas repris pour faute q̃ i'aye faite, mais feulemét d'vne

D.iij.

enuie q̃ tu auois de mal parler. Et maintenant qu'il eſt
en ta puiſſance de ne ſonner mot, & de ne rien repli-
quer, monſtre toy tel que tu dis, aſſauoir contempteur
des eſcrits d'vn tel babouin que moy. Tu ſcais bien q̃ tu
n'as iamais eſté prouoqué, ſeulement on t'a reſpódu, &
plus doucemét encores q̃ tes calomnies ne meritoyét.
Si tu repliques de rechef, tu móſtras bien vn manifeſte
deſir d'eſtre touſiours en guerre : & ſi outre cela nous
auons encores Dieu merci dequoy reſpondre. La fontaine de noſtre poëſie n'eſt pas tarie, & quãd a la proſe, il n'y a ſi petit entre nous qui n'ait dans ſon cerueau
deus ou trois magazins de reſponſes, & de repliques,
d'oraiſons & d'epiſtres, de ſermons & d'inuectiues,
aſſez pour te faire courber ſous le faix.

F I N.